Todos los libros de Linkgua Ediciones cuentan con modelos de Inteligencia Artificial entrenados por hispanistas. Pregúntale al chat de tu libro lo que desees acerca de la obra o su autor/a.

Para ebooks: Accede a nuestro modelo de IA a través de este enlace.

Para libros impresos: Escanea el código QR de la portada con tu dispositivo móvil.

Obtén análisis detallados de nuestros libros, resúmenes, respuestas a tus preguntas y accede a nuestras ediciones críticas generativas para una experiencia de lectura más enriquecedora.
La transparencia y el respeto hacia la autoría de las fuentes utilizadas son distintivos básicos de nuestro proyecto. Por ello, las respuestas ofrecen, mediante un sistema de citas, las fuentes con las que han sido elaboradas.

Juan Valera

El bermejino prehistórico
o las salamandras azules

Barcelona 2024

Linkgua-ediciones.com

Créditos

Título original: El bermejino prehistórico o las salamandras azules.

© 2024, Red ediciones S.L.

e-mail: info@linkgua.com

Diseño de cubierta: Michel Mallard.

ISBN rústica ilustrada: 978-84-9816-317-9.
ISBN ebook: 978-84-9897-941-1.

Sumario

Brevísima presentación

La vida

Juan Valera (18 de octubre de 1824, Cabra). España.

Era hijo de José Valera y Viaña, oficial de la Marina, y de Dolores Alcalá-Galiano y Pareja, marquesa de la Paniega. Tuvo dos hermanas, Sofía y Ramona y un hermanastro: José Freuller y Alcalá-Galiano.

Su padre vivió de joven en Calcuta y adoptó posiciones liberales. Por ello fue removido de su puesto. Tras la muerte de Fernando VII en 1834, el nuevo gobierno liberal fue rehabilitado y se le nombró comandante de armas de Cabra y después gobernador de Córdoba.

La madre se opuso a que Juan Valera siguiera la carrera militar. Este estudió Lengua y Filosofía en el seminario de Málaga entre 1837 y 1840 y en el colegio Sacromonte de Granada, en 1841. Luego estudió Filosofía y Derecho en la Universidad de Granada, donde se graduó en 1846.

En 1844 publicó primer libro de poemas. Leyó mucha poesía, y en particular a José de Espronceda, y a los clásicos latinos: Catulo, Propercio y Horacio. Hacia 1847 empezó a ejercer la carrera diplomática en Nápoles junto al embajador Ángel de Saavedra, duque de Rivas. Vuelto a Madrid, frecuentó las tertulias y los círculos diplomáticos a fin de conseguir un puesto como funcionario del Estado.

Así viajó por Europa y América. En Lisboa empezó su amor por la cultura portuguesa y el iberismo político. De regreso a España, empezó a escribir y publicar ensayos en 1853 en la *Revista Española de Ambos Mundos*; en 1854 fracasó en un intento de ser diputado, y por entonces estuvo en los consulados de España en Frankfurt y Dresde con el cargo de secretario de embajada.

Hacia 1857 se fue seis meses con el duque de Osuna a San Petersburgo; polemizó con Emilio Castelar en *La Discusión*, y escribió su ensayo *De la doctrina del progreso con relación a la doctrina cristiana*. Asimismo, tras ser elegido diputado por Archidona en 1858, escribió en numerosas revistas como redactor, colaborador o director.

El 5 de diciembre de 1867 se casó en París con Dolores Delavat, veinte años más joven y natural de Río de Janeiro, y tuvo tres hijos: Carlos Valera, Luis Valera y Carmen Valera, nacidos en 1869, 1870 y 1872.

Durante la Revolución española de 1868 fue un cronista de los hechos y escribió los artículos «De la revolución y la libertad religiosa» y «Sobre el concepto que hoy se forma de España».

Juan Valera fue elegido senador por Córdoba en 1872 y en ese mismo año fue director general de Instrucción pública; en 1874 publicó su obra más célebre, *Pepita Jiménez* y, en esa época, conoció a Marcelino Menéndez Pelayo, con quien hizo gran amistad.

En 1895 perdió casi por completo la vista, se jubiló y volvió a Madrid; allí publicó *Juanita la Larga* (1895), y *Morsamor* (1899); frecuentó diversas tertulias y tuvo una en su propia casa.

Valera fue elegido miembro de la Academia de Ciencias Morales y Políticas en 1904. Murió en Madrid el 18 de abril de 1905 y fue enterrado en la sacramental de San Justo.

Sus restos fueron exhumados en 1975 y llevados al cementerio de Cabra.

Este relato transcurre a lo largo del Mediterráneo, desde España hasta Jerusalén los personajes se encuentran y desencuentran afrontando las más disímiles peripecias.

El bermejino prehistórico

I

Siempre he sido aficionado a las ciencias. Cuando mozo, tenía yo otras mil aficiones; pero como ya soy viejo, la afición científica prevalece y triunfa en mi alma. Por desgracia o por fortuna, me sucede algo muy singular. Las ciencias me gustan en razón inversa de las verdades que van demostrando con exactitud. Así es que apenas me interesan las ciencias exactas, y las inexactas me enamoran. De aquí mi inclinación a la filosofía.

No es la verdad lo que me seduce, sino el esfuerzo de discurso, de sutileza y de imaginación que se emplea en descubrir la verdad, aunque no se descubra. Una vez la verdad descubierta, bien demostrada y patente, suele dejarme frío. Así, un mancebo galante, cuando va por la calle en pos de una mujer, cuyo andar airoso y cuyo talle le entusiasma, y luego se adelanta, la mira el rostro y ve que es vieja, o tuerta, o tiene hocico de mona.

El hombre, además, sería un mueble si conociera la verdad, aunque la verdad fuese bonita. Se aquietaría en su posesión y goce y se volvería tonto. Mejor es, pues, que sepamos pocas cosas. Lo que importa es saber lo bastante para que aparezca o se columbre el misterio, y nunca lo bastante para que se explique o se aclare. De esta suerte se excita la curiosidad, se aviva la fantasía y se inventan teorías, dogmas y otras ingeniosidades que nos entretienen y consuelan durante nuestra existencia terrestre; de todo lo cual careceríamos, siendo mil veces más infelices, si de puro rudos no se nos presentase el misterio, o si de puro hábiles llegásemos a desentrañar su hondo y verdadero significado.

Entre estas ciencias inexactas, que tanto me deleitan, hay una, muy en moda ahora, que es objeto de mi predilección. Hablo de la prehistoria.

Yo, sin saber si hago bien, divido en dos partes esta ciencia. Una, que me atrevería a llamar prehistoria geológica, está fundada en el descubrimiento de calaveras, canillas, flechas y lanzas, pucheretes y otros cacharros, que suponen los sabios que son de una edad remotísima, que llaman de piedra. Esta prehistoria me divierte menos, y tiene, a mi ver, muchísimos menos lances que otra prehistoria que llamaremos filológica, fundada en el estudio de los primitivos idiomas y en los documentos que en ellos se conservan escritos. Esta es la prehistoria que a mí me hace más gracia.

¡Qué variedad de opiniones! ¡Qué agudas conjeturas! ¡Con qué arte se disponen y ordenan los hechos conocidos para que se adapten al sistema que forja cada sabio! Ya toda la civilización nace de Egipto; ya de los acadíes, en el centro del Asia; ya viene de la India; ya de un continente que llaman Lemuria, hundido en el seno del mar, al Sur, entre África y Asia; ya de otro continente que hubo entre Europa y América, y que se llamó la Atlántida.

Sobre el idioma primitivo, así como sobre la primitiva civilización, se sigue disputando. Hasta se disputa sobre si fue uno o fueron varios los idiomas: esto es, sobre si los hombres empezaron a dispersarse por el mundo alalos, o digamos, sin habla aún y en manadas, y luego fueron inventando diversos idiomas en diversos puntos, o sobre si antes de la dispersión hablaban ya todos una sola lengua.

Mi prurito de curiosear me induce a leer cuantos libros nuevos van saliendo sobre esta materia, que no son pocos; y mientras más desatinados son, miradas las cosas por el vulgo de los timoratos, más me divierten los tales libros.

En estos últimos días, los libros que he leído van en contra de los arios, de los egipcios, de los semitas y de otras naciones y castas que antes pasaban por las civilizadoras en grado superior. Si los libros antiguos han sostenido que la civilización, como la luz solar, se difundió de Oriente hacia Occidente, estos nuevos libros afirman que se difundió en sentado inverso, de Occidente hacia Oriente. Todo el saber de los magos de Irán y de Caldea, de los brahmanes de las orillas del Ganges, de los sacerdotes de Isis y Osiris, de los iniciados en Samotracia y de los pueblos de Fenicia y Frigia, no vale un pito, comparado al saber de ciertos galos primitivos, cuyo centro de luz estuvo en un París prehistórico.

Los galos y sus bardos y druidas, poetas y sacerdotes, lo enseñaron todo; pero su misma ciencia era ya reflejo confuso y recuerdo no completo de la ciencia que poseyeron, en el centro del país fértil y hermoso que hoy se llama Francia, antes de la venida de los celtas, otros hombres más primitivos y excelentes que llamaremos hiperbóreos o protoescitas.

Pero ¿qué lengua hablaban estos protoescitas o hiperbóreos, cuyo centro y foco civilizador fue un París de hace seis o siete mil años lo menos? Hablaban la lengua euskara, vulgo vascuence. ¿De dónde habían venido? Habían venido de la Atlántida, que se hundió. ¿Qué conocimientos tenían? Tenían todos los conocimientos que hoy poseemos y muchos más que se han ofuscado por medio de fábulas y de otras niñerías. Así, pues, los arimaspes, que tenían un ojo solo y miraban al cielo, eran los astrónomos de entonces, que ya conocían el telescopio; y la flecha en que Abaris iba cabalgando de un extremo a otro de la tierra, era el globo aerostático o un artificio para volar con dirección y brújula, etc., etc., etc. Ya se entiende que la época de los arimaspes y la de Abaris son de decadencia para la civilización hiperbórea.

Confieso que todo este sistema me encantó. No es mi propósito exponerle aquí. Paso volando sobre él y voy a mi asunto.

Digo, no obstante, que me encantó por dos razones. Es la primera lo mucho que Francia me agrada. ¿Cuánto más natural es que el germen de la civilización europea haya nacido y florecido desde antiguo en aquel feraz y riquísimo jardín, en aquel suelo privilegiado, que no en la Mesopotamia o en las orillas del Nilo? Y es la segunda razón la de que tengo amigos guipuzcoanos que habrán de alegrarse mucho si se prueba bien que su lengua y su casta fueron el instrumento de que se valió la Providencia para acabar con la barbarie, iluminar el mundo y adoctrinar a las demás naciones.

¡Cuánto se holgará de esto, si vive aún, como deseo, mi docto y querido amigo don Joaquín de Irizar y Moya, que ha escrito obras tan notables sobre la lengua vascuence, echando la zancadilla a los Erros, Larramendis y Astarloas! Algo aprovechará él de las flamantes invenciones para dar más vigor a su sistema, arreglándole de suerte que se ajuste y cuadre con la más perfecta ortodoxia católica. Sea como sea, para mí es evidente que antes de que penetraran en España los celtas, los fenicios, los griegos y otras gentes hubo en España un pueblo civilizado, que llamaremos los iberos. Este pueblo se extendía por toda nuestra Península, y aun tenía colonias en Cerdeña, en Italia y en otras partes, como Guillermo Humboldt lo ha demostrado. Eran vascos y hablaban la lengua euskara. La nación y estado más culto e ilustre entre ellos fue la república de los turdetanos, quienes, según testimonio de Estrabón, tuvieron letras y leyes y lindos poemas en verso que contaban seis mil años de antigüedad. Ahora bien; los alfabetos celtibérico y turdetano, que ha reconstruido y publica don Luis José Velázquez, son muy modernos en comparación de la fecha anteriormente citada. Dichos alfabetos son un trasunto del fenicio o del griego, y debe suponerse, por lo tanto, que antes de la venida a España de griegos y de fenicios los turdetanos tuvieron alfabeto propio, con el cual escribieron sus poemas y demás obras.

A mi ver, el señor don Manuel de Góngora y Martínez ha tenido la gloria de descubrir este alfabeto. Véanse las inscripciones que copia en sus Antigüedades prehistóricas de Andalucía, de la Cueva de los letreros y de otras cuevas y escondites, algunos de los cuales se hallan cerca del lugar de Villabermeja, lugar que yo he tratado de hacer famoso, así como a su más conspicuo habitante el señor don Juan Fresco.

A corta distancia de Villabermeja hay un sitio, que apellidan el Laderón, donde cada día se descubren vestigios y reliquias de una antiquísima y floreciente ciudad.

El erudito y sagaz anticuario don Aureliano Fernández Guerra prueba que allí estuvo Favencia en tiempo de los romanos, ciudad que desde época muy anterior se llamaba Vesci.

Don Juan Fresco, excitada su curiosidad y estimulada su actividad infatigable, desde que el señor Góngora, publicando en 1868 sus Antigüedades, le puso sobre la pista, se ha dado a buscar letreros en Cuevas escritas y en otros monumentos que hay cerca de Vesci, y los ha hallado y reunido en mucha copia.

Émulo de Champollion Figeac, Anquetil Duperron, Burnouf, Grotefend, Oppert y Lassen, mi referido amigo don Juan Fresco cree haber descifrado estos garrapatos ibéricos primitivos, como aquellos otros sabios los hieroglíficos, la escritura cuneiforme y demás reconditeces.

Yo no intento abogar aquí por el descubrimiento de mi tocayo y paisano y demostrar que es evidente. Esto ya lo hará él en su día. Yo voy a limitarme a referir una historia que don Juan Fresco dice haber leído en ciertas inscripciones semejantes a las de la Cueva de los letreros. Entendidas las letras, parece que lo demás es llano, pues el idioma ibero primitivo es casi el vascuence de ahora.

Me pesa de no dar aquí la traducción exacta del texto original. Don Juan Fresco no ha querido comunicármela. Haré, pues, la narración con las pausas, explicaciones y comentarios intercalados que él la ha hecho. De otro modo no se comprendería.

La historia es relativamente moderna; pues, según mi amigo, todavía han de descubrirse leyendas e historias en lengua protoibérica, más antiguas y venerables que el poema egipcio de Pentaur sobre una hazaña de Sesostris o Ransés II, y que los poemas hallados por nuestro conocido el diplomático señor Layard en la biblioteca de Asurbanipal, en Nínive: poemas ya arcaicos ocho siglos antes de Cristo, y traducidos los más de la lengua sagrada de los acadíes, entonces tan muerta como el latín ahora entre nosotros.

Y esto no debe maravillarnos, porque, según Roisel, en Los atlantes, toda cultura viene de éstos, antes de que la hubiera en Caldea, en Asiria, en Egipto o en punto alguno de Oriente.

Es una lástima que no tengamos aún documentos del Siglo de Oro o de los Siglos de Oro de la literatura atlántica parisina, de hará unos ocho mil años, ni de la emanación bética de aquella cultura, implantada a orillas del Guadalquivir por los turdetanos.

El documento hallado, descifrado, explicado y comentado por don Juan Fresco es de época relativamente fresca: como si dijéramos de ayer de mañana. Ya la cultura ibérica indígena había decaído, y España se veía llena de colonias fenicias y aun griegas. Los de Zazinto habían ya fundado a Sagunto, y hacía más de un siglo que habían fundado los tirios a Málaga, Abdera, Hispalis y Gades. Era por los años de 1000 antes de nuestra era vulgar, sobre poco más o menos.

II

Vesci era una ciudad importante de la confederación de los túrdulos. En el tiempo a que nos referimos, los vescianos tenían ya la misma calidad que a sus descendientes del día les ha valido el dictado de bermejinos: casi todos eran rubios como unas candelas. Descollaba entre todos, así por lo rubio como por lo buen mozo y gallardo, el elegante y noble mancebo Mutileder. Disparaba la honda con habilidad extraordinaria y mataba a pedradas los aviones que pasaban volando; montaba bien a caballo; guiaba como pocos un carro de guerra; sabía de memoria los mejores versos turdetanos y los componía también muy regulares; con un garrote en la poderosa diestra era un hombre tremendo; con las mujeres era más dulce que una arropía y más sin hiel que una paloma; corría como un gamo; luchaba a brazo partido como los osos, y poseía otra multitud de prendas que le hacían recomendable. Casi se puede asegurar que su único defecto era el de ser pobre.

Mutileder, huérfano de padre y madre, no tenía predios urbanos y rústicos; vivía como de caridad en casa de unos tíos suyos, y en Vesci no sabía en qué emplearse para ganarse la vida. Era un señor, como vulgarmente se dice, sin oficio ni beneficio.

Frisaba ya en los veinticuatro años, y harto de aquella vida, y ansiando ver mundo, pidió la bendición a sus tíos, quienes se la dieron acompañada de algún dinero, y tomando, además, armas y caballos, salió de Vesci a buscar aventuras y modo de mejorar de condición.

Como Mutileder tenía tan hermosa presencia, y era, además, simpático y alegre, por todas partes iba agradando mucho. Los sujetos de posición y campanillas le convidaban a bailes y fiestas, y las damas más graciosas y encopetadas le ponían ojos amorosos; pero él era bueno, pudibundo e inocentón, y nada útil sacaba de todo esto. El dinero que le dieron sus tíos se iba consumiendo, y no acudía nuevo dinero a reemplazarle.

Así, deteniéndose en diferentes poblaciones como, por ejemplo, en Igabron; pasando luego el Síngilis, hoy Genil; entrando en la tierra de los turdetanos, y parando también en Ventipo, llegó a un lugar de los bástulos que se llamaba entonces Aratispi, y que yo sospecho que ha de ser la Alora de nuestros tiempos, tan famosa por sus juegos llanos. Allí tenía Mutileder una prima, que era un Sol de belleza, con dieciocho años de edad, y más rubia que él, si cabe. Esta prima se llamaba Echeloría. Su padre, viudo y muy rico, la idolatraba.

Mutileder y Echeloría eran de casta ibera purísima, sin mezcla alguna de celtas ni de fenicios. Sus familias, o mejor diré, su familia, pues era una misma la de ambos, se jactaba, no sin fundamento, de descender de los primitivos atlantes, que habían emigrado muchos siglos hacía, cuando se hundió en el mar la Atlántida, y que, yendo unos por mar siempre, habían llevado a Egipto la cultura, mucho antes de la civilizadora expedición de Osiris, mientras que otros, conocidos después con el nombre de hiperbóreos, desembarcando en Francia, habían difundido la luz y fundado florecientes Estados, caminando hacia Oriente hasta más allá de las montañas Rifeas, e influyendo, por último, en el despertar a la vida política y culta de los arios y de los semitas.

En suma, Echeloría y Mutileder eran dos personas ilustres y dignas de serlo por su mérito.

Apenas se vieron, se amaron... ¿Qué digo se amaron? Se enamoraron perdidamente el uno de la otra y el otro de la una.

El padre de Echeloría, que no tenía nada de lerdo, notó enseguida el amor de la muchacha y procuró acabar con él, porque el primito no poseía otro patrimonio que su apasionado corazón; pero Echeloría estaba prendada de veras, y el padre, que en el fondo era un bendito, se avino y se resignó al cabo a que Mutileder aspirase a ser su yerno.

Ambos amantes se juraron eterna fidelidad. «Antes morir que ser de otro», dijo ella. «Antes morir que ser de otra», respondió él. Y esta promesa se hizo repetidas veces y se solemnizó y corroboró con los juramentos más terribles.

Después de esto, ¿qué remedio había sino casar cuanto antes a los primos novios? Así lo resolvió el padre, y se empezaron a hacer los preparativos para la boda, que debía verificarse en el próximo otoño.

Era ya el fin de primavera, y en aquellas edades antiquísimas sucedía lo propio que ahora: que a la primavera seguía el verano.

Aratispi era lugar más bonito que lo es Alora al presente. En torno había, como hay aún, fértiles huertas y frondosos y siempre verdes bosques de naranjos y limoneros; pero los cerros que limitaban aquel valle amenísimo, en vez de estar pelados, como ahora, estaban cubiertos de encinas, alcornoques, algarrobos, castaños y otros árboles, entre cuyos troncos y a cuya sombra crecían brezos, helechos, tomillo, mejorana, mastranzo y otras plantas y hierbas olorosas.

Era tal entonces la generosidad de aquel suelo, que las palmas enanas que hoy suelen cubrirle y que apenas sirven para más que para hacer escobas y esportillas, se alzaban a grande altura, mientras que las crestas más empinadas de los montes, calvas ahora, se veían cubiertas de una verde diadema de abetos, de pinos y de cipreses.

A pesar de todo, fuerza es confesar que en verano hacía entonces en Aratispi un calor de todos los demonios.

Echeloría quiso, con razón, tomar algunos baños de mar, y su padre la llevó a un puerto muy bonito, cerca de Málaga, que don Juan Fresco y yo calculamos que debió de ser Churriana.

Naturalmente, Mutileder fue a Churriana también, acompañando a su futura.

Los primos estaban como dos tortolitas, arrullándose siempre. Mientras más miraba él a Echeloría, más linda y angelical la encontraba y más meliflúo se ponía con ella. Y mientras más miraba Echeloría a Mutileder, mayor número de perfecciones y de excelencias hallaba en él.

Pues no digamos nada, porque sería cuento de nunca acabar, de la mutua admiración que nacía en ambas almas al considerar el talento o la habilidad del objeto de su amor. Cada pedrada que tiraba Mutileder mataba un pajarillo y partía el corazón de Echeloría, a fuerza de entusiasmo. Y Echeloría, por su parte, a más de encantar a Mutileder con los cantares que sabía entonar, le había hecho una honda de pita, tan llena de sutiles y primorosas labores, que él se quedaba horas enteras embobado contemplando la honda.

Los dos enamorados gozaban de la más completa libertad y se iban solos de paseo por aquellos vericuetos y andurriales, ya por la orilla de resonante mar, ya por los encinares y olivares que vestían aquellos alcores, ya por los vergeles, sotos y alamedas del valle, regado por riachuelo cristalino. Pero uno y otro eran tan como Dios manda, que a pesar de lo mucho que se querían no se propasaron nunca a otra cosa sino a estrecharse afectuosamente las manos, y una o dos veces a lo más a consentir ella en recibir un casto beso en la tersa y cándida frente, y a lograr él estamparle.

La suma virtud y exquisita delicadeza de estos primos lo ponía todo en reserva para el día dichoso en que la religión y las leyes consagrasen su unión indisoluble.

Entre tanto se decían doscientas mil ternuras a cada momento. «Tu nombre es un sello que he puesto sobre mi corazón», exclamaba Echeloría. «Mi corazón es tuyo para siempre: antes dejará de latir que de amarte a ti sola», contestaba Mutileder.

En estos coloquios se pasaban las horas, y de continuo estaban juntos ambos amantes, menos cuando Echeloría se retiraba a dormir al lado de su anciana nodriza y en estancia muy resguardada, o bien cuando iba a la playa a bañarse; pues entonces, a fin de evitar el qué dirán y las murmuraciones, Mutileder no se bañaba con ella, tal vez por no usarse aún trajes de baño tan complicados y encubridores de las formas como los que se llevan ahora en Biarritz y en otros sitios.

III

Málaga era ciudad fenicia de mucho comercio. Casi competía con Cádiz. Su puerto estaba lleno de naves tirias, pelasgas, griegas y etruscas. En sus tiendas se vendían mil primores traídos de lejanos países: telas de lana, teñidas de púrpura en Tiro; joyas de oro hechas en Menfis, en Sais y en otras ciudades egipcias; piedras preciosas y tejidos de algodón del Indostán; alfombras de Persia, y hasta sedería del casi ignorado país de los Seras.

Echeloría fue a Málaga varias veces con su padre y con su novio, a recorrer dichas tiendas y a comprar galas para el suspirado día del casamiento.

Hallábase a la sazón en Málaga uno de los más audaces y sabios marinos que había entonces en el mundo: el célebre Adherbal.

Acababa de hacer una navegación felicísima, y su nave se parecía anclada en el puerto, cargada de estaño, ámbar, hierro, pieles de armiños y de castores y otros objetos de valor que él había ido a buscar a las costas de Francia, Inglaterra y otras regiones del norte de Europa, adonde solo los fenicios se aventuraban a llegar en aquella época.

Adherbal pensaba volver pronto a Tiro; pero antes debía tomar en Málaga cobre, vino, azogue y oro en polvo de las arenas de nuestros ríos, dejando allí en cambio parte de su cargamento.

Paseando un día por el muelle vio Adherbal a Echeloría, y al verla juró por Melcart y por Astoret, como si dijéramos por Hércules y por Venus, que jamás había visto criatura más linda y salada. Ganas tuvo de llegarse de súbito a la muchacha y de soltarle el pavo, esto es, de decirle sin ceremonias sus atrevidos pensamientos; pero Mutileder iba al lado de ella, mirando receloso a todas partes, con la barba sobre el hombro, en actitud desconfiada y hostil y blandiendo un enorme y fiero garrote.

La prudencia refrenó los ímpetus del marino fenicio. Bastaba ver de refilón a Mutileder para hacerse cargo de que era capaz de deslomar a cualquiera de un garrotazo, si llegaba a descomponerse un poco con la hermosa y cándida Echeloría.

Adherbal, como queda dicho, era prudente, pero era obstinado también, emprendedor y ladino. Echeloría no produjo en él una impresión fugaz y ligera, sino profunda y durable. Así fue que determinó averiguar quién era y dónde vivía, y lo consiguió con discreción y recato.

Dos o tres veces fue después a caballo a Churriana con disimulo y volvió a ver a la niña, quedando cautivo de su singular donaire.

Por último, por medio de personas listas del país, se informó de la vida de Echeloría; supo que iba a casarse con Mutileder, y no quedó pormenor de que no llegase a tener cabal noticia.

Con estos elementos formó Adherbal un plan diabólico, el cual le salió bien, como, por desgracia, salen bien casi todos los planes diabólicos.

Una mañana muy temprano levó anclas su nave y zarpó del puerto de Málaga, después de despedirse él, para Tiro. Fuera ya la nave del puerto, se quedó muy cerca de la costa, hacia el Oeste, dando bordadas como para ganar mejor viento. Así transcurrieron algunas horas, hasta que llegó aquella en que la gentil Echeloría bajaba a bañarse en la mar. Entonces saltó Adherbal en una lancha ligerísima con ocho remeros pujantes y otros dos hombres de la tripulación grandes nadadores y buzos y de los más ágiles y devotos a su persona. Con la lancha se acercó cautelosamente, ocultándose en las sinuosidades de la costa y al abrigo de las peñas y montecillos, hasta que llegó cerca del lugar donde Echeloría se bañaba, creyéndose segura y con el más completo descuido. Los nadadores se echaron entonces al agua, zambulleron, surgieron de improviso donde Echeloría estaba bañándose, se apoderaron de ella, a pesar de sus gritos, que pronto terminaron en desmayo causado por el susto, y en aquella disposición, hermosa e interesante como una ondina, se la llevaron a la lancha, donde Adherbal la recibió en sus brazos, y luego la condujo a bordo de su nave. Esta desplegó al punto todas sus velas, y aprovechándose de un viento fresco de Poniente, que acababa de levantarse, no corría, sino que volaba sobre las ondas azules del Mediterráneo.

Varias muchachas que se bañaban con Echeloría huyeron con espanto de aquella zalagarda, y, saltando en tierra, alarmaron con sus gemidos y sollozos a la nodriza, que estaba en éxtasis y de nada se había percatado. En cambio, apenas se enteró de lo ocurrido, se extremó en hacer muestras de su dolor. Allí fue el mesarse las venerables canas, el revolcarse por el suelo y el dar tan formidables chillidos, que Mutileder, aunque estaba lejos, acudió al sitio oyéndolos. El infeliz amante supo entonces toda la enormidad de su infortunio, mas demasiado tarde por desgracia. La nave del raptor se percibía aún, pero lejos, y navegando con tal rapidez, que pronto iba a perderse detrás de la comba que forma el mar, marcando una curva de azul profundo en el cielo más claro.

El furor de Mutileder fue indescriptible, aunque a nada conducía. Ni siquiera supo a punto fijo el infeliz amante quién había sido el raptor, por más que sospechase de aquel marino que en Málaga había puesto en Echeloría los lascivos y codiciosos ojos.

Estos raptos de mujeres eran frecuentísimos en aquellas edades heroicas, y habían dado ya y debían seguir dando ocasión a no pocos disturbios y guerras. Los fenicios habían robado a Io, hija de Inaco; los griegos habían robado a Europa de Fenicia, a Medea de Colcos y a Ariadna de Creta; y, por último, un príncipe frigio había robado a la bella Helena, mujer del rey de Esparta, Menelao, motivando así una lucha larga y mortífera, y al cabo la destrucción de Troya.

Don Juan Fresco explica, a mi ver, de un modo satisfactorio estos raptos de mujeres. Supone que la mujer, por lo mismo que su belleza es tan delicada, no se cría naturalmente. Lo único que se cría es la hembra del hombre. La verdadera mujer es producto artificial, que resulta de grande esmero y cuidado y de exquisito y alambicado cultivo. De aquí la rareza entonces de la verdadera mujer y el mágico y portentoso efecto que producía en el alma de guerreros bárbaros y briosos, avezados a ver hembras solamente.

Cuando los hombres se recobraban de su pasmo volvían a hacer a la mujer de peor condición que al esclavo más humilde; pero, en ocasiones, una mujer bien lavada, cuidada y compuesta, infundía amor ferviente, frenético entusiasmo y cierta adoración como si fuese algo divino. De aquí las patrañas o mitos de las hadas y encantadoras, como Circe y Calipso, que convertían a los hombres en bestias; la ginecocracia, esto es, el imperio de la mujer, establecido en muchas partes, como en el país de las Amazonas y en la Arabia Feliz; y el omnímodo influjo, ora funesto, ora útil, que ejercieron algunas damas en los varones más crudos y valerosos, como Onfale en Hércules, Dalila en Sansón, Betzabé en David, Egeria en Numa y Judit en Holofernes. De aquí, por último, que ganasen tanto crédito las sibilas, las pitonisas y las druidisas; todo ello, sin duda, porque cuidaban más de sus personas y lograban pulir y descubrir la escondida hermosura, invisible por lo general en la hembra por falta de pulimento y aseo.

Además, el entender la hermosura y el afanarse por lograrla hacían hermosa a la mujer. Hoy, mucho de esta cualidad, domeñada ya la naturaleza rebelde, suele transmitirse por herencia; pero en los tiempos heroicos, la hermosura era como inspirada creación que la mujer artista realizaba en su propio cuerpo, a fuerza de esmerarse. Todavía cinco siglos después de la época en que ocurre nuestra historia, asombran el estudio, la prolijidad y los preparativos minuciosos de que se valían las mujeres para presentarse de una manera digna. A fin de agradar al rey Asuero, que buscaba reina, después de repudiada Vastí, se pasaban las chicas un año entero frotándose con linimentos y pomadas, sahumándose, lavándose, perfilándose y acicalándose. En el día, con una hora de preparación bastaría para presentar ante el sibarita más refinado a la más ruda de las campesinas; prueba irrefragable de que lo adquirido por arte y educación se transmite de madres a hijas. Verdad es que, en cambio, la naturaleza es menos dúctil ahora, y la hotentota, aunque se friegue y se adobe más que las que iban a presentarse a Asuero, hotentota permanece; de donde, sin duda, el refrán que dice: «Aunque la mona se vista de seda, mona se queda».

Dejemos, no obstante, refranes y digresiones a un lado, y prosigamos nuestro cuento.

Echeloría, por naturaleza y por arte, por herencia y por conquista, era un primor. Y Mutileder, que con razón la adoraba, no la lloró perdida, con femenil amargura, sino que, agitando su garrote y haciendo crujir la honda con chasquidos estruendosos, juró buscar a su amada, librarla del raptor y vengarse de éste descalabrándole de una buena pedrada o moliéndole a palos.

Cuenta la historia que Mutileder, en el instante de hacer aquel juramento, estaba tan hermoso que no podía ser más. Sus ojos azules, dulces de ordinario, lanzaban centellas luminosas; su afilada y recta nariz, hinchada por la cólera, mostraba muy dilatadas las ventanillas; las cejas, frunciéndose en el centro, daban mayor majestad a su frente; la boca entreabierta dejaba ver unos dientes blancos, iguales y firmes, y sana frescura y vivo color de carmín en encías y lengua. Su cabeza, echada atrás con arrogancia, y destocada, lucía copiosa y rubia cabellera, que flotaba en rizos graciosos a merced de la brisa; sus piernas y sus brazos desnudos, contraída entonces la musculatura por la energía de la actitud, daban envidia a los de Hércules mancebo. Todo en Mutileder era beldad, elegancia, brío y donosura. Su voz, alterada por la pasión, penetraba en los corazones, aunque sus palabras no se entendiesen.

En aquel instante, ¡oh fuerza del destino!, acertó a pasar por allí la graciosa y distinguida Chemed, que en fenicio significa belleza, la viuda más coqueta y caprichosa que había en Málaga. Su marido la había dejado joven y con muchos bienes de fortuna. Ella seguía con la casa de comercio de su marido, bajo la razón insocial de la viuda Chemed. En aquella ocasión volvía de solazarse de una quinta que tenía en Churriana.

Seis atezados etíopes la llevaban en silla de manos, y dos escuderos, una dueña y cuatro pajecillos egipcios la acompañaban también para más autoridad y decoro.

Chemed oyó a Mutileder, le miró y se maravilló; volvió a mirarle y se quedó más maravillada. Entonces dijo para sí: «Divinos cielos, ¿qué es lo que miro? ¿Será éste dios o será mortal? ¿Resplandecería más Adonis cuando Astoret se prendó de él?».

Pero, prosiguiendo su soliloquio de preguntas, Chemed prosiguió también su camino, sin interrogar al mancebo, que parecía estar furioso, y sin atreverse siquiera a pararse y a bajar de la silla de manos, en medio de gente extraña, cuya lengua no entendía, porque hablaban el ibero, que, como ya queda dicho, era lo que se llama hoy el vascuence. Si Chemed hubiera sabido que Mutileder hablaba corrientemente el

fenicio, como, en efecto, lo hablaba, sin duda que se hubiera detenido; pero no sabiéndolo ni sospechándolo, Chemed
pasó de largo.

IV

Luego que Mutileder echó sapos y culebras por la boca y se desahogó cuanto pudo, acudió a dar a su presunto suegro la mala noticia del rapto y a consolarle, si cabía consuelo en tamaño dolor.

Para evitar prolijidad no se ponen aquí las lamentaciones que hicieron ambos a dúo. Lo que importa saber es que Mutileder y su suegro, después de maduro examen, reconocieron que era inútil quejarse del rapto a las autoridades de Málaga, las cuales no les harían caso, o si les hacían caso nada podrían contra un marino tan mimado en Tiro como Adherbal lo era. A cualquiera exhorto que los sufetes o jueces de Málaga enviasen contra Adherbal, era evidente que los sufetes tirios habían de dar carpetazo, haciendo la vista gorda. No había más recurso que resignarse y aguantarse, o tomar la venganza y la satisfacción por la propia mano. Esto último fue lo que decidió Mutileder con varonil energía.

Se despidió de su presunto suegro, y sin pensar en recursos pecuniarios ni en nada que lo valiese, se fue a Málaga a tomar lenguas, a cerciorarse de que era Adherbal el raptor, como ya lo sospechaba, y a buscar modo de irse a Tiro en la primera nave que para Tiro saliese; a fin de arrancar a Echeloría del cautiverio o secuestro en que estaba y de hacer en Adherbal un ejemplar y justo castigo.

En medio de todo, Mutileder sentía cierto consuelo. Pensaba en que Echeloría había jurado serle fiel o morir, y daba por seguro que moriría antes que faltar a su promesa. Él mismo había hecho igual juramento, y se sentía con la suficiente firmeza para cumplirle.

Con estas ideas en la mente y con el bizarro propósito de irse a Tiro cuanto antes, recorrió Mutileder las calles de Málaga hasta que empezó a anochecer. Todas las noticias que adquirió le confirmaron en que era Adherbal el raptor de

Echeloría. En lo que no adelantó mucho fue en concertarse con algún patrón de buque que saliese pronto y le llevase para Fenicia.

Llegó la noche, como queda apuntado, y ya Mutileder se retiraba a su posada, cuando sintió que le tiraban suavemente de la capa por detrás. Volvió el rostro y vio a un pajecillo egipcio que le dijo:

—Señor Mutileder, sígame vuestra merced, que hay persona que desea hablarle sobre asuntos que le interesan.

—¿Y quién puede ser esa persona? —contestó él—. Yo, en Málaga, no conozco a nadie.

Entonces replicó el pajecillo:

—Aunque vuestra merced, no conozca a esta persona, esta persona le conoce. Hoy, de mañana, pasó junto al lugar del rapto protervo, y oyó y vio a vuestra merced cuando de él se lamentaba. La persona es compasiva y excelente, y se enterneció. Ha tomado informes sobre todo lo ocurrido, y su enternecimiento se ha hecho mayor. Desea remediar el mal de vuestra merced, con quien le importa conferenciar enseguida. ¿Quiere vuestra merced seguirme?

Mutileder no halló motivo razonable para decir que no, y siguió al pajecillo.

Siguiéndole por calles y callejuelas, que atravesaron rápidamente, llegó nuestro héroe protobermejino a una puertecilla falsa y cerrada, en el extremo de un callejón sin salida.

El paje aplicó una llave a la cerradura, le dio dos vueltas y la puerta se abrió sin ruido. Entró el paje y le siguió Mutileder.

Cerró el paje la puerta de nuevo, y quedaron él y nuestro amigo en la más completa oscuridad. El paje asió de la mano a Mutileder y le guió por las tinieblas. Al cabo de poco tiempo vieron luz y una linterna que estaba en el suelo. La tomó el paje, y ya con ella alumbró a Mutileder, y mostrándole el camino, le dijo que le siguiera. Subieron ambos por una estrecha y larga escalera de caracol, llegaron luego a otra puertecilla, la abrió el paje, levantó un tapiz que había detrás, y él y Mutileder penetraron en una sala espaciosa y bien iluminada.

El paje entonces se escabulló sin saber cómo, y Mutileder se encontró frente a frente de una anciana y venerable dueña, la cual, con voz meliflua, le dijo:

—Sígueme, hermoso.

Y Mutileder la siguió, algo ruborizado del intempestivo requiebro.

No refiero aquí, porque estoy deprisa, y no debo ni puedo pararme en dibujos, los primores estupendos, las alhajas rarísimas, los lindos objetos de arte y los cómodos asientos y divanes que había en varias salas por donde iban pasando la dueña y nuestro héroe, que atortolado la seguía. Baste saber que allí se veía reunido de cuanto había podido inventar el lujo asiático de entonces y de cuanto la activa solicitud de los navegantes fenicios había podido traer de todas las comarcas a que solían ellos aportar, desde las bocas del Indio hasta las bocas del Rin, puntos extremos de sus periplos o navegaciones.

Lo que sí diré es que, si una sala era lujosa, otra lo era más, y que el primor iba en aumento conforme se pasaban salas. Maravilloso silencio y sosiego apacible reinaban en todas ellas. No se veía ni un alma. Soledad y dulce misterio. Rica y leve fragancia de perfumes sabeos impregnaba el tibio ambiente.

—¿Qué será esto? —decía Mutileder para su coleto—. ¿Dónde me llevará esta buena señora?

Y la admiración y la duda se pintaban en su candoroso y bello semblante.

Por último, la dueña tocó a una puerta, que no estaba abierta como las demás que habían dado paso de un salón a otro salón, sino que estaba cerrada.

La dueña la abrió un poco, lo suficiente para que cupiese por ella una persona; empujó a Mutileder, le hizo entrar, y, quedándose fuera, cerró otra vez la puerta, dejándole solo.

Mutileder, que venía de salones donde había mucha luz, nada veía al principio, e imaginó que el salón en que acababa de entrar estaba a oscuras; pero sus pupilas se dilataron muy pronto, y notó que una luz velada y dulce iluminaba aquella estancia, difundiéndose desde el seno de tres lámparas de alabastro.

Aún no había tenido vagar para ver todo lo que le circundaba, cuando oyó Mutileder una voz blanda y argentina, que parecía salir de una garganta humana nueva y de una boca fresca, colorada y sana, porque todo esto se conoce en la voz, la cual le decía:

—Perdóname, amigo, que te haya hecho venir hasta aquí, deseosa de hablarte.

Dirigió Mutileder la vista hacia el punto de donde la voz procedía, y vio, recostada lánguidamente en un ancho sofá, a una dama morena y majestuosa como una emperatriz, vestida de blanca y flotante vestidura, con una cabellera abundante, lustrosa y negra como la endrina, y con unos ojos que parecían dos soles de luto, así por el fuego y los rayos que despedían como por su oscuro color y por el color, no menos oscuro, de las cejas, de las largas y rizadas pestañas, y aun de los párpados suaves, cuyas sombras acrecentaban el resplandor fulmíneo de los referidos ojos. En los brazos desnudos, casi junto al hombro, tenía la dama brazaletes de oro de prolija y costosa labor; sobre el pecho y en las orejas, collar y zarcillos de esmeraldas, y sendas ajorcas, por el estilo de los brazaletes, en las gargantas de sus pequeños pies, calzados por coturnos de seda roja. Lazos de idéntica seda adornaban la falda y el corpiño y ceñían el airoso talle. Sobre el negrísimo cabello lucía, prendido con gracia, un ramo de flores de granado.

En todo esto reparó en conjunto Mutileder, pero sin analizar, como nosotros, porque estaba algo cortado y sin saber lo que le sucedía. La cosa no era para menos, sobre todo tratándose de un mozuelo que, si bien despejado y audaz, carecía de experiencia y jamás se había visto en lances de aquel género.

Absorto, mudo, con la boca abierta, estaba Mutileder, cuando la dama se levantó y mostró de pie su gallarda estatura, esbelta y cimbreante como las palmas de Tadmor; y vino a él, y tomándole la mano, en la que él sintió como una conmoción eléctrica, le llevó a sí y le dijo:

—Siéntate. ¿Qué te asusta?

Y Mutileder se sentó, al lado de la dama, en un taburete bajito.

Luego que Mutileder se hubo serenado, oyó a la dama con la debida atención y le respondió con concierto.

Ella le dijo que se llamaba Chemed, que era viuda y rica y natural de Tiro, que había sabido su dolor, que se interesaba por él, a causa de una súbita e irresistible simpatía, y que anhelaba dar consuelo y remedio a sus males.

Aunque Chemed lo había averiguado todo, quiso que Mutileder le refiriese su historia. Mutileder la refirió con elocuencia. Al hablar de Echeloría, aunque era hombre recio, se le saltaron las lágrimas. Con las lágrimas sobre sus mejillas y velando sus ojos azules, estaba el muchacho lo más bonito que puede imaginarse. Chemed no se hartaba de mirarle; pero ¡con qué miradas! Vamos, no es posible explicar cómo eran.

Chemed tenía cerca de treinta y cinco años. Mutileder no había conocido a su madre. No sabía lo que era la amistad y el cariño de la mujer.

—¡Pobrecito mío! —exclamaba Chemed—. ¡Pícaro Adherbal! No paga con la vida el mal que te ha hecho. Haces bien en querer vengarte y salvar a Echeloría de las garras de ese monstruo. Mira, Mutileder: dentro de cuatro días debo yo salir para Tiro, donde tengo que arreglar mis asuntos, muy desordenados desde que mi marido murió. Tú vendrás en mi compañía. Considérame como a tu amiga más leal.

Y sencillamente Chemed tomaba la mano del inocente mozo, y la estrechaba entre las suyas y la retenía en cautividad, equilibrando el calor superior que había en las de ella con el calor que él tenía en su mano.

Todavía se puso más interesante y bonito Mutileder cuando habló con efusión del eterno amor y de la fidelidad que él y Echeloría se habían jurado. Chemed celebraba todo esto y lo hallaba muy a su gusto.

—Sí, hijo mío —decía a Mutileder—, así debe ser. Dichosa Echeloría, que encontró en ti un modelo de amantes. No suelen ser como tú los demás hombres, sino volubles y perjuros. Todas mis riquezas, toda mi posición daría yo si hubiese encontrado un amante tan resuelto y fino como tú.

En suma, esta conversación siguió largo rato, y yo tengo notas y apuntes que me ha suministrado don Juan Fresco y que me harían muy fácil referirla con todos sus pormenores; pero como mi historia tiene que ir en un Almanaque sin excitar a nadie a que los haga, y no puede extenderse mucho, sino ser a modo de breve compendio, me limitaré a lo más esencial, deslizándome algunas veces, con rapidez y como quien patina, en aquellos pasajes que más se presten a ello por lo resbaladizos.

V

Cuatro días después de la conferencia primera entre Chemed y Mutileder, salían ambos de Málaga para Tiro en una magnífica nave. Mutileder iba en calidad de secretario privado de la dama para llevarle la correspondencia en lengua ibérica.

La amistad de ambos era íntima, y Mutileder, siempre que se veía en presencia de Chemed, estaba contento y como orgulloso de tener tan elegante y discreta amiga. Chemed tenía, además, mucho chiste y felicísimas ocurrencias; decía mil graciosos disparates, y Mutileder se regocijaba y reía sin poderlo remediar; pero cuando estaba solo, amarga melancolía se apoderaba de su alma, pensamientos crueles le atormentaban y algo parecido a remordimientos le arañaba el corazón, como si fueran las uñas de un gato o, digamos mejor, de un tigre.

Mutileder hablaba entre dientes, lanzaba desconsolados suspiros, manoteaba y hasta se golpeaba y pellizcaba sin compasión, y solía exclamar:

—¡Qué diablura! ¡Qué diablura!

En presencia de Chemed, o se olvidaba de su dolor, o le refrenaba y disimulaba. Ésta, a no dudarlo, era la diablura a que su exclamación aludía.

Mutileder había tenido ya tiempo para meditar y reflexionar y hacer severo examen de conciencia, y no se absolvía, sino que se condenaba por débil, perjuro y desleal en grado superlativo.

A veces quería disculparse consigo mismo, y no lo lograba.

—Yo —decía— sigo amando a Echeloría, y Chemed no obsta para ello. Voy a buscar a Echeloría, a libertarla y a vengarla, y Chemed me ayuda en mi empresa. El cariño de Chemed tiene algo de maternal. ¡Es tan buena conmigo! ¡Es tan alegre y chistosa! ¡Qué tonterías tan saladas se le ocurren! ¿Cómo no he de reírme al oírlas? ¿He de estar siempre llorando? No; no es menester llorar; no es menester negarse a todo consuelo, como una bestia feroz, para demostrar que es uno fiel y consecuente. Ya veremos cuando me encuentre con Adherbal si amo a Echeloría o si no la amo.

Estas y otras sutilezas y quintas esencias alambicaba, fraguaba y se representaba Mutileder para justificarse; pero, como hemos dicho, no lo lograba nunca.

De aquí su pena cuando estaba solo; y no sé de dónde, el olvido de su pena cuando de Chemed estaba acompañado. ¡Contradicciones inexplicables, raras antinomias de los corazones de los mortales!

De esta suerte, en soliloquios románticos, acerbos y dignos de Hamlet, siempre que estaba sin Chemed; y en coloquios amenos, en pláticas tiernas y en juegos y risas, cuando Chemed aparecía, vivió Mutileder; y así se pasó el tiempo, caminó la nave, se detuvo en varios puntos de África y en algunas islas del archipiélago de Grecia, y llegó al fin a Tiro, capital entonces de Fenicia desde la ruina de Sidón, cuando los filisteos, rubios descendientes de Jafet, vinieron de Creta por mar, mientras que del lado del desierto de Arabia entraban los israelitas en la tierra de Canaán y lo llevaban todo a sangre y fuego. Tiro había hecho después renacer el poder cananeo o fenicio y estaba en toda su gloria y florecimiento. Sobre el trono de Tiro resplandecía el rey Hiram, amigo de Salomón, hijo de David. Israelitas y fenicios eran estrechos y felices aliados.

Muy largo sería describir aquí la grandeza de Tira. Dejémoslo para mejor ocasión. Lo que importa es decir que Mutileder buscó a Adherbal enseguida, y no le halló. Pronto supo con rabia que el infatigable marino, sin reposar casi, se había encargado del mando de la flota que Hiram y Salomón expedían con frecuencia a la India, desde el puerto de

Aziongaber, en el mar Rojo. Tres días antes de la llegada de Mutileder y de Chemed, Adherbal se había puesto en marcha para tomar el mando referido.

Adherbal debía pasar por Jerusalén. Mutileder no pensó más que en perseguirle y alcanzarle antes de que se embarcara para tan larga navegación, de la que sabe Dios cuándo volvería.

Temiendo que le faltasen las fuerzas y el valor para despedirse de Chemed, Mutileder preparó su viaje con el mayor sigilo, aprovechando la salida de una caravana; y montado en un ligero dromedario, salió para Jerusalén, cuando Chemed menos lo sospechaba.

Chemed lo supo y lo lloró al leer una carta que él escribió antes de partir y que entregó a Chemed una persona de toda confianza. La carta decía como sigue:

«Mi querida Chemed: Yo soy el más débil y el más malvado de los hombres. Debí huir de ti desde el primer momento y no entregarte nunca un corazón que no te pertenecía, que era de otra mujer y que jamás podía ser tuyo. Todo el afecto, toda la ternura que te he dado ha sido falsía, perjurio e infamia. Y no porque yo fingiese esa ternura y ese afecto, que, al contrario, brotaban a borbotones, con toda sinceridad y con vehemente efusión, del fondo de mi pecho, sino porque, al consagrártelos faltaba a la fe jurada, rompía el sello de la fidelidad que había puesto Echeloría sobre mi alma, y me rebajaba hasta la vileza. De aquí mi lucha interior; de aquí mis contradicciones y extravagancias. A veces reía yo, jugaba y me deleitaba contigo, pero cuando más contento estaba, surgía como espectro, como aterrador fantasma, de las profundidades de mi ser, el mismo amor ultrajado, el cual me azotaba rudamente con el azote de los remordimientos. Otros amantes, mientras más aman, se hacen más dignos del amor, porque el amor hermosea y sublima los espíritus; pero yo, amándote, me degradaba en vez de elevarme, porque pisoteaba juramentos y promesas; y no amándote, me degradaba también, porque recibía de ti inmensos e inestimables tesoros de cariño que no acertaba a pagar. Si olvidaba a Echeloría para amarte, era yo un perjuro; y si no te amaba para seguir amando a Echeloría, un falso, un estafador y un ingrato. Situación tan horrible y poco digna no podía durar. El cielo ha estado benigno conmigo, aunque no lo merezco, proporcionándome ocasión de dejarte con razonable motivo, sin que puedas tú tildarme de galán sin entrañas. Adherbal no está en Tiro. Mi deber es perseguirle. La ofensa que me ha hecho no puede quedar impune. Tú misma me tendrías por vil y cobarde si yo no me vengara. No extrañes, pues, que te deje para cumplir con esta obligación. Adiós, adiós para siempre, ¡oh generosa y dulce amiga!»

Tal era la carta que escribió Mutileder, en buen fenicio, sin ninguna falta de gramática ni de ortografía. Chemed la leyó con lágrimas en los ojos y haciendo otros mil extremos de amoroso sentimiento.

Mutileder, entre tanto, caballero en su dromedario y lleno de impaciencia, iba trotando y galopando hacia Jerusalén. Harto de la pausa con que la caravana marchaba, tomó un guía, poseedor de otro dromedario tan ligero como el suyo, y se adelantó al resto de sus compañeros de viaje. Así llegó en pocas jornadas a la ciudad que casi había creado David y que Salomón acababa de fortificar y hermosear con admirables monumentos. La había ceñido de altas torres almenadas y de fuertes y gruesos muros; había edificado, sobre gigantescos y firmes sillares, en la cumbre del monte Moria, donde fue el sacrificio de Abraham, el maravilloso y único templo del Dios único, y había coronado las alturas de Sión con inexpugnable ciudadela y con alcázar suntuoso.

Dilatando Salomón sus conquistas al sur del mar Muerto; domeñando a los hijos de Edom, de Amalec y de Madián, y enseñoreándose de Elath y de Aziongaber, abrió puertos para comerciar con el Hadramauth y el Yemen, con el alto Egipto, con la Nubia y con las Indias orientales. Cortando luego las corpulentas hayas y los pinos y cedros seculares del Líbano; haciéndolos llevar en hombros de los más robustos varones de las naciones vencidas, como de los refaim, por ejemplo, raza descomedida de gigantes, que casi ladraban en vez de hablar, y trabando entre sí los leños con arte y maestría, hizo formar Salomón flotantes castillos que resistiesen el ímpetu de los huracanes y el furor de las olas. En medio del desierto, Salomón había fundado a Tadmor, célebre después con el nombre de Palmira, en un oasis lleno de palmas, a fin de que fuese emporio riquísimo y lugar de reposo de las caravanas que iban desde las orillas del Jordán a las del Eúfrates y del Tigris, a Damasco, a Nínive y a Babilonia. Estaba, por último, interesado Salomón en el comercio de los fenicios con Tarsis o Iberia, patria de Mutileder, y aun de más allá, hacia el Occidente y Norte del mundo; bastante más allá, porque las naves tirias llegaban hasta el Báltico. Por todo lo cual refluía sobre Jerusalén cuanto Dios crió de bienes temporales. La plata era tan común, que se miraba con desprecio. Todo se fabricaba de oro purísimo, hasta los trastos de cocina. De Arabia venían perfumes; de Egipto, telas de lino, caballos y carros; esclavos negros y marfil, de Nubia; y especierías, y madera de sándalo, y perlas, y diamantes, y papagayos y jimios y pavos reales, y telas de algodón y de seda, de allá de la desembocadura del Indo. Oro venía de todas partes, ya de Tíbar, ya de Ofir; ámbar y estaño, del norte de Europa; cobre y hierro, de España. De esta suerte abundaba todo en Jerusalén. La fama del rey volaba por el mundo, porque el rey excedió a los demás reyes, habidos y por haber, en ciencia y en riqueza, y no había persona de buen gusto que no desease ver su cara, y sobre todo los hijos de Israel, a quienes las naciones extranjeras respetaban y temían, por donde vivieron ellos tranquilos y venturosos a la sombra de sus parras y de sus higueras, desde Dan hasta Beersebá, durante todos los días de aquel reinado.

Pues, como íbamos diciendo, a esta espléndida ciudad de Jerusalén llegó nuestro bermejino prehistórico, acompañado de su guía, pero más confiado en su fiero garrote y en la primorosa honda que le había regalado Echeloría, y con la cual, según suele decirse, no se le cocía el pan hasta que vengase a su primer amor, descalabrando al raptor injusto de una violenta y certera pedrada.

Preocupado con estos pensamientos de venganza, y como hombre que va a su negocio y que no viaja a lo touriste, Mutileder no quiso visitar las curiosidades de Jerusalén ni enterarse de nada de lo que allí sucedía, a no ser el paradero de Adherbal.

Imagine el pío lector qué desesperación no sería la de Mutileder cuando enseguida supo de buena tinta que Adherbal, viendo que urgía darse a la vela y llegar pronto al Océano para no desperdiciar el monzón, favorable entonces a los que iban a la India, había salido en posta, con dromedarios que de trecho en trecho estaban ya preparados y escalonados en el camino, a fin de verse cuanto antes en el puerto de Aziongaber, orillas del mar Bermejo.

Imposible de toda imposibilidad era ya que Mutileder llegase adonde estaba el marino fenicio, quien se substraía así a su venganza. Tiempo había de pasar, pampanitos había de haber, antes de que dicho marino se pusiese a tiro de su honda o al alcance de su garrote.

Creyó entonces Mutileder que Adherbal se había llevado consigo a Echeloría para que fuese ornamento principal de la nave capitana, desde donde había de mandar la flota, y su rabia rayó en tal extremo, que pateó, juró, bufó, blasfemó y hasta hubo de arrancarse a tirones algunos de los rizos hermosos y rubios que coronaban su cabeza.

En medio de todo, fue grande su consolación cuando logró saber que el pícaro y cortesano marino, rastrero adulador de príncipes, había hecho presente a Salomón de la preciosa Echeloría.

VI

¿Cómo resistir aquí a la tentación de encarecer lo mucho que don Juan Fresco se ensoberbece y ufana, y lo orondo que se pone, y lo por bien pagado que se da de haberse pelado las cejas descifrando y leyendo las inscripciones y papiros manuscritos de donde está sacada esta historia? Por ella consta que un bermejino, pues al cabo bermejino era Mutileder, ya que Vesci era la Villabermeja de entonces, rivaliza con Salomón y viene a hacer el brillante y extraordinario papel que verá el que siguiere leyendo.

Mutileder no se amilanó al saber que Echeloría estaba en el harén salomónico; antes dispuso quedarse en Jerusalén, espiar ocasión oportuna, y, no bien se presentase, asirla por el copete, arrebatando a la linda moza de entre las manos del rey Sabio. No por eso pensó en hacer el más leve daño a Salomón. Mutileder era muy monárquico, y el rey, por ser rey y por su ciencia infusa y demás virtudes, le infundía respeto. Salomón, además, no tenía culpa ninguna ni había ofendido a Mutileder. Había aceptado el presente que le habían traído, y había dado prueba de buen gusto al aceptarle y guardarle.

A veces Mutileder concebía cierta halagüeña esperanza. Imaginaba que Echeloría había de llorar por él y había de decir a Salomón, con todo miramiento y finura, que no le amaba porque amaba a otro; y daba por cierto que Salomón, que era benigno con las mujeres, y tan galante y condescendiente que las consentía tener ídolos de la tierra de cada una de ellas, no debía de ser feroz con Echeloría, sino que, no bien supiese que su ídolo era Mutileder, había de ceder en sus pretensiones. Mutileder llegaba a columbrar como probable que el rey le hiciera buscar para entregarle a la muchacha, y hasta que quizá se allanase a ser padrino de la boda.

La entereza, constancia y resistencia de Echeloría habían de mover a todo esto, y a más, el ánimo generoso de Salo-

45

món. ¿Qué le importaba a este gran rey una mujer más o menos, cuando tenía en su harén setecientas reinas, ochocientas concubinas e infinito número de princesas? Así, pues, lo natural era que, viendo Salomón a Echeloría enamorada de otro, afligida y llorosa, y rechazándole por estilo arisco y montaraz, había de mostrarse desprendido.

Al hacer esta suposición, muy plausible, Mutileder se ponía colorado de vergüenza. Se presentaba en su imaginación lo bien que se portaba Echeloría, huraña como un gato y firme como una roca; veía el desprendimiento regio y la nobilísima conducta de Salomón, y se consideraba indigno, y quería, al recordar sus infidelidades con Chemed, que se abriese la tierra y le tragase.

Estos remordimientos, esta compunción y este sonrojo por la culpa, tenían, sin embargo, bastante de sabroso y de dulce. ¡Ay, cuán pronto se trocó todo ello en amargura cuando oyó Mutileder lo que en Jerusalén se decía de público en calles y plazas!

Para saber lo que se decía, conviene tomar las cosas de atrás y entrar en algunas explicaciones.

El palacio de Salomón era inmenso, y la sociedad en él muy amena. Multitud de poetas y de tocadores de arpas, tímpanos y salterios, le regocijaban de continuo. Allí había diestras bailarinas, artistas ingeniosos que hacían muebles elegantes y otras obras de extremado primor, y los mejores cocineros que entonces se conocían. Aquello era, en grado superlativo, en elevación a la quinta potencia, perpetua boda de Camacho. Salomón y sus mujeres y servidumbre devoraban cada día treinta bueyes cebados, cien ovejas y multitud de ciervos, búfalos, gacelas y aves. Y no se crea que porque comiesen poco pan. El consumo diario de harina empleada en hacer pan, tortas, bollos y pasta frolla o flora era de noventa coros, o sea, cuarenta y cinco cahíces, de doce fanegas se entiende.

Así es que, en el palacio de Salomón, hasta el último pinche se regalaba a pedir de boca y estaba gordo y lucio.

Las mujeres, tanto por naturaleza cuanto por los afeites que usaban, parecían celestiales y de variadísimo mérito. En aquella época no llevaban nombres puestos a la ventura, sino nombres significativos de sus más egregias cualidades, por donde solo con mentarlas se puede colegir lo que valían. Entonces no se llamaba doña Sol una fea, ni Blanca una negra, ni Dolores una regocijada, ni Rosa la que olía mal o era áspera como cardo ajonjero.

Las favoritas de Salomón lo habían sido y llevaban los nombres que llevaban porque lo merecían. La hija del Faraón, que fue, a no dudarlo, Meneftá II, se llamaba Uomanhet, esto es, Destroza-corazones. Ella inspiró a Salomón el primer amor, profundo y suave. Salomón era muy muchacho cuando se casó con ella, y ella le trajo en dote a Gezer y doce mil caballos para la remonta de su caballería. Después amó Salomón con locura a Anahid, Lucero de la mañana, hija del rey de Armenia. Se refiere que, repudiada ésta, hubo de volver a su patria, donde tuvo un hijo de Salomón, de quien procede el famoso Abagaro, a quien Cristo escribió una carta y envió su efigie. Después amó Salomón con no menor locura a Leliti, la Noche, princesa de Etiopía. Luego amó apasionadamente a Vahar, a quien trajeron de la India las primeras naves tirio-hebreas que fueron por allí. Esta Vahar, o dígase Primavera, era de la familia de los Sakias, reyes de Kapilavastu, y, por consiguiente, parienta del ilustre Sakiamuni, que había de ser Buda y fundar una religión en que creyese cerca de la mitad del humano linaje.

Por último, pasión más durable que todas había concebido, alimentado y guardado Salomón por la Sulamita, en cuya alabanza dejó compuestas las poesías amatorias más bellas que habían sonado hasta entonces en lengua humana.

Pero Salomón, en medio de tantos deleites y triunfos, estaba hastiado. Nada le satisfacía. Todo era para él vanidad de vanidades y aflicción de espíritu. Ni siquiera tenía el goce del amor propio y del orgullo, porque sostenía que su grandeza se debía al acaso y no a su carácter ni a su entendimiento y prudencia. Salomón había recapacitado y había visto que, debajo del Sol, ni la carrera era de los ligeros, ni la guerra era de los fuertes, ni el bienestar de los listos, ni de los prudentes la riqueza, ni de los elocuentes el favor, sino que todo era caprichoso resultado de la ciega fortuna.

Y hallándose su alma en tan doloroso estado, fue cuando Adherbal le presentó a Echeloría.

El pueblo de Jerusalén afirmaba que Salomón la había conocido y la había amado. Y que la había hallado rosa de Sarón y lirio de los valles. Y que había comparado su cabeza rubia, por la majestad, con el Carmelo; y el olor de sus vestidos al olor del almizcle y al de las silvestres flores que crecen en el Líbano.

La ternura de Salomón por Echeloría se aseguraba que excedía a la de Jacob por Raquel y a la de Isaac por Rebeca. Se daba por cierto que la amaba mil veces más que había amado a las otras mujeres; que sentía por ella todo género de afecto; que con el espíritu puro la estimaba y quería, como su padre David había estimado y querido a Jonatás, muerto en las alturas de Gelboé por los filisteos; y que de un modo tempestuoso la idolatraba, como el príncipe de Siquen había idolatrado a Dina.

Todos estos rumores llegaban cada vez con más consistencia a los oídos de Mutileder y le iban dando mucho que sentir y no poco que sospechar; le iban dando, permítaseme lo vulgar de la frase en gracia de lo gráfico, muy mala espina.

¿Cómo era posible que Echeloría resistiese a tantas seducciones? ¿Cómo había de entenderse el amor de Salomón, si la muchacha, en vez de estar amable, estuviese zahareña y cogotuda?

En vista de estas y de otras reflexiones, y de no pocos indicios y pruebas que vinieron después, el pobre Mutileder tuvo al fin que abrir los ojos y que reconocer que Echeloría se había dejado querer, y hasta que pagaba a Salomón su cariño queriéndole, y siendo infiel y perjura a su Mutileder y a los juramentos hechos en Aratispi y en Churriana.

Por falta de elocuencia dejo de pintar aquí el furor de Mutileder cuando de esto se hubo cerciorado. Ni Otelo ni el Tetrarca estuvieron después más celosos y furiosos.

Pero nuestro bermejino no se limitaba a lamentos estériles. Siempre tomaba resoluciones y procuraba darles cima. La que ahora tomó fue la de matar a puñaladas a Echeloría y matarse él a renglón seguido con el propio puñal. Lo difícil era ver a Echeloría para matarla.

Chemed, ocupada en Tiro con sus asuntos, se había consolado de la ausencia de Mutileder; pero le conservaba buena amistad, y le había enviado cartas de recomendación para Adoniram, que era el mayordomo de Salomón, y para otros personajes de la corte. Con estas cartas y con su hermoso rostro, gentil presencia y gallardo cuerpo, que más que nada le recomendaban, Mutileder pretendió y consiguió sin dificultad entrar en la guardia personal del rey.

Componíase dicha guardia de sujetos de no poco fuste; de señores y hasta de príncipes de las dinastías destronadas, cuyos reinos se habían anexionado Salomón y su padre, y de cuyos bienes habían ido incautándose. Allí había heteos, amorreos y jebuseos; caballeros de la casa de Abinadab, rey de Kiriath-Yarín; dos sobrinitos de Og, rey de Basán, a quienes apenas apuntaba el bozo y tenían ocho codos de estatura; varios nietos de Hamnón, rey de los amonitas; y para complemento de hermosura, como dice Ezequiel, hablando de los pigmeos de Tiro, una pequeña tropa de idénticos pigmeos, que no se levantaban un codo de la tierra, pero que eran certeros y terribles disparando ponzoñosos dardos.

Encubriendo siempre en los abismos oscuros del alma su terrible propósito de matar a Echeloría y de matarse él, Mutileder se ingenió de suerte que se ganó la voluntad de sus jefes inmediatos y hasta del general Benaya, tan ágil para cortar cabezas, según lo demostró a principios de aquel reinado, enviando al otro mundo, a fin de cimentar bien el trono, a Adonia, hermano mayor del rey, y a otros personajes.

Con este favor, pronto subió Mutileder a capitán de una compañía de filisteos, rubios casi tanto como él, y que formaban parte de la guardia real.

Lo que no pudo conseguir fue ver a Echeloría. Lo que no pudo inspirar fue la absoluta e indispensable confianza para llegar a ser uno de aquellos sesenta valientes, los más probados y selectos, que rodeaban el tálamo de Salomón por la noche (algo parecido a nuestros Monteros de Espinosa), y que andaban siempre con la espada sobre el muslo, por temor de los duendes y vestiglos, que eran traviesos, traían revuelto el alcázar y no hubieran dejado, sin la citada precaución, un instante de sosiego a las reinas y demás señoras.

¿Quién sabe si la misma gentileza de Mutileder sería óbice para que entrase él en el número de los sesenta, no hiciera el diablo que inquietase a las damas en vez de aquietarlas? Lo cierto es que su gentileza ya mencionada, su discreción, despejo y buen trato se hicieron notorios en Jerusalén, y que las damas le ponían en las nubes. Hasta un no sé qué de torvo, de melancólico y de trágicamente distraído que había en su lindo semblante le hacía más grato a las damas.

Así las cosas, cuando ocurrió una novedad grandísima, que contribuyó a glorificar el reinado de Salomón más todavía.

VII

Además de los libros que conocemos, Salomón escribió otros muchos que se han perdido. Compuso tres mil parábolas y mil y cinco cantares, y disertó sobre árboles y plantas, desde el cedro hasta el hisopo que nace en la pared, y sobre aves, cuadrúpedos, reptiles y peces. Quiere decir que supo muchas cosas que después se olvidaron: unas han vuelto a descubrirse; otras quizá no se descubran nunca de nuevo. Así, por ejemplo, parece que atraía por medio de pinchos de metal los rayos y las centellas; que entendía la lengua de los pájaros; que conocía la fuerza oculta de la palabra humana y obraba por ella mil prodigios; que los genios le obedecían, y que era sabedor de todas las doctrinas mágicas de Enoch y de las que Abraham había aprendido en su patria, Ur de los caldeos, y de las que estudió Moisés en los colegios sacerdotales de las orillas del Nilo.

Sea de esto lo que se quiera, no puede negarse que su fama de sabio se extendió por todas partes.

La reina de Sabá, cuyo nombre, según hemos llegado a averiguar, era Guadé, que en el idioma hymiárico, hablado entonces en su reino, equivale a Amor o Amistad, oyó hablar de Salomón y quiso probarle con preguntas y acertijos.

Embarcóse, pues, esta augusta señora en Adén, que era el mejor puerto de sus Estados, y con próspero viento, navegando por el mar Bermejo, aportó a Aziongaber, y desde allí, por Sela, Beersebá y otras poblaciones, llegó hasta Hebrón, donde el rey Sabio salió a recibirla con mucha cortesía y aparato.

No entro aquí en descripciones del viaje de esta reina, de la pompa con que venía, de su entrada en Jerusalén, acompañada ya de Salomón, que la hospedó en su palacio, y de las fiestas que hubo con este motivo. Sería muy largo contar todo esto. Contentémonos con decir que los regalos que dio la reina a Salomón fueron magníficos, y no inferiores los que de Salomón recibió ella; que ella se quedó pasmada del lujo que gastaba Salomón, y que como Salomón le adivinó de tenazón todos sus más enmarañados acertijos, ella se quedó doblemente pasmada de su sabiduría.

Salomón, que era fino y discreto, creyó que el mayor obsequio que podía hacer a Guadé, mientras morase en su alcázar, y siendo ella de un moreno muy subido de punto, era darle para guardia de su persona a los filisteos que mandaba Mutileder, todos rubios, blancos y sonrosados. En efecto, los filisteos la impresionaron agradablemente; pero Mutileder, su capitán, le pareció una divinidad y no un hombre cualquiera.

Era Guadé tan hermosa como las noches serenas del estío; sus ojos brillaban como carbunclos, y, en oposición a su rostro, algo tostado, relucían como perlas sus dientes blanquísimos. Sabía mucho. Era un Salomón con faldas. Pronto con sus miradas fulmíneas derritió la triple placa de bronce que el empeño de ser consecuente había puesto en torno del corazón de Mutileder. Y Mutileder y Guadé se amaron, a pesar de Chemed y de Echeloría.

Guadé, a quien importaba desengañar por completo a Mutileder, el cual le había contado toda su historia, menos su plan de tragedia; Guadé, que hablaba en toda confianza con Salomón y sabía los secretos del harén, reveló y probó a su joven amigo que Echeloría amaba a Salomón con delirio.

Esto indujo más a Mutileder a amar con delirio también a Guadé, no solo porque ella se lo merecía, sino para no ser menos y tomar represalias y desquite.

Y, sin embargo, y aquí entra lo más patético de mi cuento, si bien era cierto que Echeloría y Mutileder estaban enamorados el uno de su reina y de su rey la otra, ambos sentían, en medio de la embriaguez del nuevo amor, pesar tremendo, torcedor horrible en la conciencia y pasión de ánimo, que amenazaban matarlos.

Las mismas imaginaciones, las mismas ideas acudían al alma de los dos, aunque no se velan ni se hablaban. Se sentían rebajados y humillados. Eran juguetes de la casualidad. La voluntad de ellos carecía de firmeza. ¿Había sido ensueño infantil el amor que se tuvieron? ¿Había sido burla ridícula el juramento que se hicieron repetidas veces? O no había sido santa y hermosa aquella primera pasión, y entonces lo más poético de la vida de ambos se desvanecía, o si la pasión había sido santa y hermosa, ellos habían sido sacrílegos e infames, profanándola y hollándola.

Mutileder desistió ya de matar a Echeloría y de matarse; pero aquel dolor oculto iba a matar a los dos. Y mientras más notaban ambos que el amor que tenían a Salomón y a Guadé era su encanto y su delicia, más culpados y viles se juzgaban y más ganas tenían de morirse, porque el sonrojo y la humillación destrozaban sus pechos, no bien dejaban de embargarlos y cautivarlos el frenesí y el vivo deleite que nacen de los coloquios y caricias en el amor bien correspondido.

Salomón advirtió el mal de Echeloría, y Guadé advirtió el mal de Mutileder. Conferenciaron sobre ello. Se lo contaron todo. Buscaron remedio y no pudieron hallarle. ¿Qué hierba, qué elixir, qué talismán sería poderoso contra tan rara dolencia, que designaron con el nombre de dolencia de los dos amores?

Presintieron los reyes que iban a perecer sus dulces amigos, y se desconsolaron. Todo era cavilar en balde qué habían de hacer para salvarlos. Llegaron hasta a ser tan generosos que proyectaron ceder él a Echeloría y ella a Mutileder para que se casasen. Pero luego consideraron que esto sería peor. Al verse, se avergonzarían de verse; no dejarían de amar de otro modo a Salomón y a Guadé; no podrían amarse entre sí del mismo amor que los amaban, y morirían más pronto y más desesperadamente.

El lance no tenía otra solución que la más lúgubre, a no ocurrir algo con visos de milagro, como ocurrió en efecto.

VIII

Años atrás, en los últimos del reinado de David, había venido a Jerusalén un príncipe hiperbóreo, a quien de fama conocen sin duda mis lectores. Hablo del sapientísimo Abaris, que caminaba montado en una flecha. Si era la aguja de marear aplicada a la navegación aérea o algo por el mismo orden, no acertaré yo a decirlo en este momento. Lo que hace al caso es saber que Abaris viajaba con facilidad prodigiosa.

David estaba viejísimo, y los sabios de Israel resolvieron que, para aliviar sus dolencias y hacer menos crueles los postreros años de su vida, era menester casarle con una jovencita bella e inocente, la flor de las doce tribus. Eligieron para esto los sabios a Abisag de Sunam, de quien, por una maldita coincidencia, Abaris, muy joven entonces, andaba perdidamente enamorado.

Abaris hizo esfuerzos inauditos para disuadir a Abisag de sacrificarse a aquel viejo; pero ella, teniéndolo a mucha honra, y creyendo que cumplía con un deber en ser útil al rey Profeta, desdeñó a Abaris y se unió con el rey.

Abaris, montó en su flecha y se fue de Jerusalén hecho un veneno. A fin de vengarse del desdén de Abisag, ya que no en ella, en otras mujeres, se convirtió en seductor desaforado, en el don Juan Tenorio o Lovelace de aquel siglo. Los medios de que disponía eran enormes. Era guapísimo, ágil y divertido en la conversación; y desde que, siglos antes, había venido su compatriota Olén a civilizar a tracios y pelasgos, no se había visto hiperbóreo de más doctrina en el Mediodía de Europa. Con esto, con su astucia, con sus chistes y con su atrevimiento, Abaris iba por todas partes haciendo estragos en los corazones femeninos.

Entre tanto, murió David, subió Salomón al trono, y Abisag quedó en palacio como una de las reinas viudas, aunque en realidad no se podía decir que hubiese sido esposa del santo rey.

Sabido es, no obstante, que Salomón quería que la tuviesen por tal y que asimismo viviese ella consagrada solo a la memoria de David, cuyo último suspiro había recogido. Por esto se enfadó tanto Salomón cuando Adonia se atrevió a pedirle por mujer a Abisag. Y habiéndole perdonado que conspirase contra él, no le perdonó aquella insolencia, e hizo que Benaya le matase, sin que pudiera valerle el haberse asido al cuerno del altar, en el templo mismo.

Abaris, que tuvo noticia de todo esto, y que aún estaba enojado contra Abisag, tardó en volver a Jerusalén; pero volvió al cabo y precisamente en los días en que Salomón y la reina de Sabá andaban más afligidos con la dolencia de Echeloría y de Mutileder.

Ignorábase qué proyectos traía Abaris; pero Salomón le recibió bien, porque Salomón apreciaba mucho la ciencia. Además, como Abaris era hombre de mundo, lo que se llama un rodaballo muy corrido, Salomón le puso al corriente de todo, a ver si él hallaba remedio para aquel mal.

Abaris aseguró que curaría a los dos jóvenes iberos; pero que, en cambio, deseaba que Salomón le prometiese que había de otorgarle un don que intentaba pedirle. Salomón se lo prometió.

Pasaron después tres días, durante los cuales Abaris pareció como que estaba estudiando. Al terminar los tres días, fue Abaris al regio alcázar, hizo que Salomón le presentase a Echeloría, y, no bien la hubo visto, Abaris dio un grito y se echó en los brazos de la joven, exclamando:

—¡Gracias, gracias, benignos cielos: al fin he hallado a mi hija!

Explicó entonces Abaris que él había estado en Aratispi; que allí había tenido amores con la madre de Echeloría, y que Echeloría era el fruto de dichos amores. Añadió luego que como entonces era él tan peregrino seductor, había tenido también amores en Vesci con la madre de Mutileder, y, por lo tanto, Mutileder era su hijo. En prueba de esto dio no pocos datos y razones, y la más sorprendente fue la de afirmar que ambos jóvenes iberos estaban sellados por él, en la espalda, desde el día en que nacieron, con una salamandra azul.

Con la alegría que produjo tan fausto descubrimiento, se prescindió de la etiqueta de palacio. Vino Guadé y trajo consigo a Mutileder. Desnudaron las espaldas de ambos jóvenes y se vieron estampadas en ellas las salamandras. No cabía duda: eran hijos de Abaris, y, por consiguiente, hermanos.

Todo se aclaraba y se justificaba así. El amor que se habían tenido era fraternal: nacido de la fuerza del parentesco. En vez de afligirse de haber sido ella robada por Adherbal y enamorada luego de Salomón, y él de sus infidelidades con Chemed y con Guadé, dieron gracias a los propicios hados que de aquella manera y por tan ocultos caminos los habían salvado de un crimen feísimo, que tal le hubieran cometido si llegan a casarse.

Se disiparon, pues, las melancolías de Echeloría y de Mutileder; se abrazaron fraternalmente y más contentos que unas pascuas, y se encontraron muy a gusto de ser ella favorita de Salomón y él príncipe consorte en el reino sabeo, para donde se fue con su Guadé, cuatro días después de saber que era hijo de Abaris y de haber descubierto que tenía una salamandra azul en la espalda.

Echeloría se quedó en Jerusalén, ya sin remordimientos y muy alegre.

Abaris fue a ver a Salomón y a pedirle el don que había prometido otorgarle; pero, como era hombre de mundo y precavido, llevaba preparada la flecha debajo del manto filosófico, poniéndose cerca del balcón abierto para hacer su petición, no fuera caso que Salomón se enfadase y tuviese él que salir volando, antes de que Benaya le hiciese pasar a mejor vida.

La petición no era otra que la mano de Abisag.

Salomón estaba de tan buen talante con la radical curación de Echeloría, que enseguida consintió en que Abisag se casara. Además, Abisag iba ya pasando de la juventud a la edad madura, y, como la mayoría de las solteras algo pasadas, estaba tan jaquecosa, que Salomón no la podía aguantar, y se alegró de salir de ella.

Todos, pues, fueron felices.

Salomón tuvo una curiosidad y quiso que Abaris, con el mayor sigilo, la satisficiese.

—¿Hay algo de verdad —le dijo— en lo que afirmas que eres padre de Echeloría y de Mutileder?

—En mi vida estuve en Iberia —contestó riendo Abaris—. Confiesa que mi remedio ha sido ingenioso y eficaz. Sin él no se hubieran curado los chicos y hubieran sido capaces de morirse. Para hacer más verosímil la historia, puse yo mismo por arte mágica en las espaldas de ambos las salamandras. Todo ha sido lo que allá en los tiempos venideros, dentro de cerca de tres mil años, llamarán los sabios y pulidos un mito, y los ignorantes y rudos un camelo o una filfa.

Libros a la carta

A la carta es un servicio especializado para
empresas,
librerías,
bibliotecas,
editoriales
y centros de enseñanza;
y permite confeccionar libros que, por su formato y concepción, sirven a los propósitos más específicos de estas instituciones.

Las empresas nos encargan ediciones personalizadas para marketing editorial o para regalos institucionales. Y los interesados solicitan, a título personal, ediciones antiguas, o no disponibles en el mercado; y las acompañan con notas y comentarios críticos.

Las ediciones tienen como apoyo un libro de estilo con todo tipo de referencias sobre los criterios de tratamiento tipográfico aplicados a nuestros libros que puede ser consultado en Linkgua-ediciones.com.

Linkgua edita por encargo diferentes versiones de una misma obra con distintos tratamientos ortotipográficos (actualizaciones de carácter divulgativo de un clásico, o versiones estrictamente fieles a la edición original de referencia).

Este servicio de ediciones a la carta le permitirá, si usted se dedica a la enseñanza, tener una forma de hacer pública su interpretación de un texto y, sobre una versión digitalizada «base», usted podrá introducir interpretaciones del texto fuente. Es un tópico que los profesores denuncien en clase los desmanes de una edición, o vayan comentando errores de interpretación de un texto y esta es una solución útil a esa necesidad del mundo académico.

Asimismo publicamos de manera sistemática, en un mismo catálogo, tesis doctorales y actas de congresos académicos, que son distribuidas a través de nuestra Web.

El servicio de «libros a la carta» funciona de dos formas.

1. Tenemos un fondo de libros digitalizados que usted puede personalizar en tiradas de al menos cinco ejemplares. Estas personalizaciones pueden ser de todo tipo: añadir notas de clase para uso de un grupo de estudiantes, introducir logos corporativos para uso con fines de marketing empresarial, etc. etc.

2. Buscamos libros descatalogados de otras editoriales y los reeditamos en tiradas cortas a petición de un cliente.